그러므로 사랑은 시가 아니다

그러므로 사랑은 시가 아니다

초판 1쇄 인쇄 · 2020년 9월 20일
초판 1쇄 발행 · 2020년 9월 25일

지은이 · 손승휘
펴낸이 · 이춘원
펴낸곳 · 책이있는마을

주 소 · 경기도 고양시 일산동구 무궁화로120번길 40-14(정발산동)
전 화 · (031) 911-8017
팩 스 · (031) 911-8018
이메일 · bookvillagekr@hanmail.net
등록일 · 2005년 4월 20일
등록번호 · 제2014-000024호

ISBN 978-89-5639-335-3 (03810)

이 도서의 국립중앙도서관 출판예정도서목록(CIP)은 서지정보유통지원시스템 홈페이지
(http://seoji.nl.go.kr)와 국가자료종합목록 구축시스템(http://kolis-net.nl.go.kr)에서
이용하실 수 있습니다. (CIP제어번호 : CIP2020035800)

그러므로 사랑은 시가 아니다

손승휘 시집

장마였다. 비가 내리고 바람이 불었다. 바람에 빗방울이 흔들렸다. 바람은 저 먼 남쪽 어느 섬에서 불어온 것이 아니다. 내 가슴속에서 일어난 바람은 오랜 부유의 결과, 날개도 없이 바람에 밀려 떠돌던 날들

나의 가벼움, 나의 메마른 갈비뼈, 깨진 거울 조각 같은 눈빛으로 살아오다가 이제야

바람은 슬픔을 일으키고 나는 서글픈 빗소리를 듣는다. 인북천 강가에 해가 진다. 일어나는 불빛들을 바라보는 시간, 내내 바람이 불었다.

당신을 그리워하다가 시를 썼다.

(2020, 여름. 인제에서 손승휘)

차례

2부　　사랑이 끝나면 인생은 공회전을 시작한다

3부   늘에서 빠져나오는 방법

1부 / 제대로 꽂힌 칼은, 뽑으면 과다출혈로 죽어, 그래서 별수 없이 꽂은 채 사는 거지

사랑

별안간 몰아치는 비바람에 후두둑 떨어져 내리는 사랑이
기를 바랐습니다 조금씩 조금씩 빛을 잃고 색을 잃고 초라
하게 삭아내리는 꽃잎이라니

봄비

뒷마당에
봄비가 내려서
당신이 보고 싶다

그러므로 사랑은 시가 아니다

화면 속의 꽃을 따려는
고양이는 끝내 이해하지 못했다
절망이란 그런 것이다

날마다 초라해지는
얼마든지 초라해지는
나는 이제야 사랑을 알았겠다

한때는 매일 울었다
혹은 너에게 혹은 나에게
세상은 이제 중요하지 않다는 착각

사람에게는 중독이라는 말을 쓸 수 없으니
사랑이라는 말로 대신하는 건 아닐까
가진 것도 버린 것도 없는 시절
인생에서 건진 한 움큼의 모래

사랑은 시가 아니다
그러므로 사랑은 시가 아니다

만지면 눈이 먼다는 거짓말에
나는 속아 넘어가서 눈이 멀고
너는 나에게 전설이 되었을 뿐

치명상

어느 날, 저 숲속을 지나가는 바람이
당신의 가슴을 아프게 한다면
당신은 거의 신의 영역에 다다른 것입니다만
어느 날 그 사람 때문에 당신의
가슴이 아파온다면
참을 수 없는 얼얼한
아픔을 느꼈다면
안타깝게도, 당신은, 치명적인
사랑에 빠진 것입니다

터미널에서

어린 왕자는 한 시간 전부터 행복했다는데
나는 너무 오래전부터 행복했나 보다
사랑은 사랑이라는 사랑 따위
꾹꾹 눌러도 눈 질끈 감고 외면해도
네 생각을 하는 날은
떠올리고 마는 날은
하루 종일 가슴에 벼락이 쳤다
버스 유리창에 기대앉아 다가오는
풍경을 젖은 눈으로 바라보며
눈에 익은 저 터미널
너를 세워두고 떠나기도 했고
마침내 너에게 달려가던
사랑은 사랑이라는 사랑 따위

청사포

지나가 버린 막차를 기다려본 적이 있으십니까
그 막막함을 기억하십니까
당신 인생의 수많은 시행착오 중에 으뜸이지요
역사의 불이 꺼지고 안개만이 바람을 타고
흐르던 철로변을 바라보며 남몰래
울음을 삼켜본 적이 없으시다면 당신은
그 사람을 절대 이해하시지 못할 겁니다

사실 당신의 인생은 언제나 같습니다
같은 아픔이 자꾸만 반복되면서
기회가 주어져도 시간이 있었어도
막차가 떠나는 시간을 깨닫지 못해서
황량한 플랫폼에는 낙엽이 구르고
당신은 아쉬움에 발길을 돌리지 못할 겁니다

겨울이 쉽게 오듯 쉽게 가버리고
아직은 당신이 원하던 봄날도 아닌데
여기 청사포에는 막차가 즐비합니다

오지 않는 당신을 위해

눈물 흘리는 거리

당신이 아픈 날은
거리마다 온통 눈물이 흘렀다
헤어지고도 차마 헤어졌노라
하지 못했던 수많은 밤
잠 못 이루던 시간들은
지우다 포기한 문신 같은 것
안녕, 눈물 흘리던 도시여
지나간 거리여

순수

당신이 아름답다는 걸
거울을 보고야 안다는 건
슬픈 일이다

당신의 순결을
유리창을 닦다가 안다는 것도
슬픈 일이다

첫눈은 아직 내리지 않았지만
당신은 반쯤 깎다 만 발톱으로
눈밭을 걸어야 한다

어느 날 맨발로 걸어도 된다

너를 사랑해도 된다면

못난 내가
너의 꿈이고 싶어서
서성이다 문득
하늘을 올려다보면

단 한 번도 하늘은
나를 사랑해준 적 없는데
나는 어디서 사랑을 배웠을까

하찮은 내가
너를 사랑해도 된다면
나는 이제 너의 곁에 머물러
너는 홀로 먼 길을 가지 않으리

갯무꽃

그날, 당신은
안개와 함께 술을 마셨다
소주 한 병을 놓고
마주 앉아서
시니컬한 미소를 보내며
안개의 행운을 빌어주었다

어둠이 어깨를 짓눌러도
슬픔이 등짝을 때려도
당신과 안개는 꿈쩍도 하지 않는다
당신과 안개의 공통점은
그러니까 허무와 위험
나는 안기지 못하고

지천에 깔린 갯무꽃
보이지 않는 꽃

사랑하려면

누군가에게 무엇이 되려면
먼저 내가 나에게 무엇이든 되어야 한다

나를 지하실 구석에서 끌어내
햇빛 아래로 당당하게 내어놓아야 한다

내 눈을 사랑하고
내 코와 입을 사랑하고
내 썩어가는 이빨을 사랑해야 한다

그 다음,
그 사람을 사랑하고
그 사람의 친구를 사랑하고
그 사람의 고양이와 개를 사랑해야 한다

마지막으로,
실컷 울어야 한다

J에게

사랑이란 바람에
날리다 나뭇가지 끝에
걸려버린, 깃털 같은 것

조마조마한 날들
손도 대지 못하고
숨도 쉴 수 없는 시간들

쓸쓸한 밤, 초라한 거리에서
불안한 하루가 또 지나가고

J, 나는 너를 사랑한다

외로워지는 방법

연애를 구경하고 결혼을 구경하고
잘난 인간들이 애 키우는 모습을 구경하는
이 시절에 외로워지는 유일한 방법은
사랑을 하는 것뿐이다

가슴 뻐근해지는 사랑을 하자
사랑이 아무리 해 뜨면 사라져버릴
이슬 같은 거라고 해도
외로워지는 방법이 사랑뿐이라면
시시때때로 눈물 맺히는
사랑을 하자

이렇게 구경거리만 많은 세상에
이렇게 잘난 것들이 다하는 시절에
우리 같은 것들 언제, 외로워지기나 해보겠느냐
외로워지기 위해서 너와 나는
사랑을 하자

윈드시어

바람깨나 불던 날
그녀의 문자 한 줄

그만하려고요

하늘이 내려앉아
창밖의 수평선이 사라진 날

그런 거, 눈물 나는 거
이제 그만하려고요

되돌리기에는 너무 먼 길을
그녀가 돌아가던 날

절망

해무海霧 속을 헤매는
거북이 한 마리처럼
방향을 잃어버린 그 남자는

이제 그만

이라는 말을 수도 없이
중얼거린다
중얼거리다가 문득
아직 끝나지 않았음을 깨닫고
절망한다

그 남자는 아직 그녀를 사랑한다

푸념

배운 거 없고
가진 거 없어도
구차해지는 건
질색인데
오늘 또
구차해지고 말았다

당신을
미워하다가

회현동에 비

지도를 펼쳤어
비가 내리고 있었는데
넌 빗속에 우두커니 서서
내리는 빗줄기를
바라보고 있어, 바보처럼
네 눈에 비친 빗방울
빗방울 같은 눈동자

물끄러미 지도를
바라보고 있어
회현동이 넓구나
참 많이들 사는데
너에게만 비가 내리고 있어
유난히 까만 네 머리칼이
비에 젖어

비가 내리고 있어
너와 나에게만, 하염없이

실패

내 사랑은 항상 너무 이르거나 너무 늦거나 너무 뜨겁거
나 너무 차갑거나 너무 웃기거나 너무 슬프다, 적당히 즐
겁고 적당히 우울하고 적당히 다정한 사랑을 바랐지만
결국 실패

일기예보

내일 낮에는 비 내리고
찬바람 분다는데
비에 젖은 당신 모습이
벌써부터 안타까워서
찬바람에 시린 당신 모습이
미리 슬퍼서
마른 나뭇가지만 봐도
눈물이 난다

서리꽃

눈꽃이라고도 하고
안개꽃이라고도 하는
눈물 같은 찬서리 내린 아침
문득 그 사람의 소식을 받았다
혼자 있어서 외로운 사람은 없다
누군가가 있어 외로운 것
안녕이라는 작별 인사는 체념에서
오는 각오만으로 부족한
혼자 있을 용기를 필요로 한다

가슴에서 피어나는 서리꽃

너를 사랑하지 않겠다

그 겨울 눈밭에 쓰러져 얼어붙은 장미를 보았냐 바람에 흔들리는 생기 잃은 이파리 시커멓게 얼어붙은 꽃잎에 내린 죽음의 빛깔

그런 눈빛으로 바라보지 마라 너에게 이런 꼴을 보이고 싶어서 보이겠냐 사랑하지도 미워하지도 않는, 가지지도 버리지도 않는, 머물지도 떠나지도 않는, 지혜가 필요한 이 도시의 어디쯤에서 외로움에 치를 떤다 내 상처 보일 리 없으니 짐작이라도 하지 마라 나는 그저 얼어붙어서라도 출혈이 멈추기를 기다리는, 어느 골목 어느 때 웅크리고 숨이 끊어져도 전혀 이상하지 않은 패잔의 병사

고개 돌리고 지나쳐라 사랑하지 않는다고 말하기가 쉬운
줄 알았냐 내 마지막 남은 숨결로 자존심으로 이제야 말한
다 너를 사랑하지 않겠다

겨울, 술집

사랑을 해서 어리석어졌는지
어리석어서 사랑을 하게 되었는지
알 수 없어 잠 못 이루는 밤에는
찬바람 부는 길을 걸어 홀로
겨울, 술집에 갈 일이다

아껴두었던 새 신발을 신고
어느새 낡았더라도 조금은
멋있는 외투를 걸치고
눈발 슬금거리는 밤길
골목 귀퉁이 술집에 앉아
추억으로 성긴 담벼락을 보아라

첫사랑은 이제 첫사랑으로
마지막 사랑은 아직 마지막으로
누군들 사랑을 믿었겠느냐 그저
지나간 사람을 잊지 않기 위해
골목 어귀 술집으로
어서 갈 일이다 이 겨울이
가기 전에, 지나가버리기 전에

마지막 눈이 내리던 날

내 머리통에 총구를 대고
방아쇠를 당기는 심정으로
너에게 이별을 통보한 날
눈이 내리고 있었다
내 기억이 틀리지 않다면
너는 눈밭을 내달리고
있었다, 내 절명의 순간

올해 마지막 눈인걸

너는 달음박질하고
너의 눈 내린 머리칼과
내 가슴속 깊은 곳의 눈보라
이미 숨 끊어진 나의
물기 하나 남겨지지 않은
메마르고 성근 폐허, 이제는

네 아픔에 대해 생각하겠다
나는 이미 죽었으니
남겨진 건 온전히 너의 몫
희미하거나 증발해 버린
사랑에 대한 기억
진저리쳐지는 혐오
어느 쪽이든 치명적이리라
마지막 눈을 기억하는 한

무작정

무작정 나섰어
준비도 없이 그냥
터미널에서 잠시
서성거렸어

알아, 당신한테 가면 안 되는 거

2부 / 사랑이 끝나면 인생은 공회전을 시작
한다

비에 잠겨

이제 오지 말아요

담배를 나눠 피우면서 그녀는 창밖의 빗물을 만졌다, 그녀의 발목에 입을 맞추며 그럴 거라고 지키지 못할 약속을 했다, 창밖의 빗줄기는 점점 더 강해졌다, 남자는 떠나야 했다

빗물에 잠긴 거리를 지나 플랫폼에 섰을 때, 달리는 열차에서 흐르는 빗물을 바라볼 때, 살던 도시에 도착해서 눈앞에 펼쳐진 불빛의 행렬을 바라보았을 때, 남자는 눈물을 찔끔거렸다

그래서 당신은 나의 무엇이 되어주었나요

그녀의 물음이 아파서는 아니다, 쏟아지는 비가, 비에 잠긴 거리가, 이 도시에서 또 살아가야 하는 게 서러워서, 모든 게 너무 서러워서

남자는 눈물을 찔끔거리며 비에 잠겨들었다

나무

움직인 적 없다
피한 적 없다
온갖 비바람 무서리를
고스란히 겪었다

기나긴 세월
변명도 하소연도
비명도 없다

그래서 너는
아무리 늙어도
추하지 않다

갈수록 빛나는
시간의 흔적

옹이

네 아픔을 몰랐다
왜냐하면 내가 더 아프기 때문이다
누구나 내가 더 아프니까

오래전부터 사랑은 화석
이 되었다, 남은 건 착각
소유의 욕심 아니면
욕망의 중독 아니면

너는 이 시절에 애써 돌아보지도
바라보지도 말아라
인생은 꿈속에서 다시 꿈이고
꿈속에서조차 상처만 남는 것

서러워하지 말자
누군들 눈물 없이 세상을 살아갈까
서로 다른 세상에서
서로 다른 사연으로
스스로를 어루만지면서
애써 웃어야지

춘광사설 春光乍洩

높은 데서 떨어질수록 더 아프다는데
언제 한번 높이 올라가보지도 못했는데
겨우 돌부리에 차여 자빠지고도
나는 아파 죽네
밤마다 죽었다가 아침마다 살아나
한낮인지 밤인지 먹장구름 속에 웅크려 있는데
언뜻이라도 그대 보았던가
그래서 깨어났던가
지난밤 꿈에서 본 그대 기억이
한 줄기 빛으로 내려와
그나마 빛줄기로 내려와
나는 또 아파 죽네

빗소리

빗소리를 들으며 술을 마신다. 술을 마시다가 가슴을 움켜잡는다. 불현듯 찾아간 친구에게 건네는 농담. 아픔을 감추는 웃음. 내가 이렇게 불행해진 건 며칠 전 죽어가는 고양이를 지나쳐버려서야. 난 고양이 털 상태만 보면 아는데 복잡해지는 게 싫어서 참치캔 하나 주고 나 몰라라 튀었어. 참치캔을 물로 씻은 것처럼 먹고 사라진 고양이. 다시 찾을 수 없었어. 누군가에게 버림받은 털 빠진 고양이. 친구야. 나 진짜 가슴 아프다. 넌 그래서 글을 쓰는구나. 난 이제 사람이 죽어도 가슴이 안 아파. 아마 내가 죽어도 가슴 안 아플 거야. 그리고 넌 원래 혼자였어. 잠깐 잊었나 보다. 맞아. 비가 내려서 아주 잠깐 잊었네. 빗소리를 들으며 술을 마신다.

전염

오래도록 받지 않던 전화
언제고 괜찮아지면
이겨내면 전화하겠다던 그녀가
전화하던 밤에는
그 사람의 방으로 귀뚜라미 한 마리가
길을 잃고 뛰어들어왔다
그녀는 그사람의 전화를 받지 않던
날들만큼이나 오래 울고
그 사람은 담배를 피워물고
그녀의 울음소리를 들었다
누구나 울더라
그 사람도 울고 그녀도 울고
살다 보니 울고

비 내리는 밤
이번에는 네가 우는구나

편지

그녀에게 쓴 긴 편지를 책상 서랍에 넣어둔 아침
비가 내렸다

그녀가 한 통의 엽서로 보내 온 풍경에는 공항 앞에서 서
로 얼싸안고 우는 나이 어린 연인들의 모습이 담겨 있었다

울고 싶지 않다

약속했던 걸 기억한다, 다짐도 했던 것 같다, 연관검색어
로는 뜨겠지만, 열어보면 사랑과는 어떤 연관도 없는 말의
유희

똑같은 반지를 만들어 끼고 서로 손가락을 대어보던 놀이,
다리 밑에서 파는 자물쇠를 사다가 걸었던 유치하지만 즐
거운 놀이

진정한 사랑을 믿어요? 변함없는 사랑을 믿어요? 영원한
사랑을 믿어요?

난 사랑을 믿지 못하는 게 아니야, 모르는 거야, 내 인생도
모르는데

그녀의 엽서를 들고 처마 밑으로 가서 내리는 비를 바라본
다, 그녀의 고향집에도 비가 내리는지

헛소리

함부로 말하고 살았다
가슴이 찢어진다고 헛기침처럼
가슴이 찢어진다고 버릇처럼 말하고 다녔다
그게 무슨 말인지 몰랐다
오늘, 가슴이 찢어지는
아픔을 느껴서 이제
가슴이 찢어진다고 말하지 못하게 되었다

들꽃을 사랑하는 방법

신이 되기 전에는
들꽃에 손대지 마라
바람과 비와 별빛과 달그림자까지
죄다 꺾어 갈 수 없으니까
차라리 네가 들로 나가
매일매일 들판에 앉아
그들에 섞여 들꽃이 되어라

날지 못하는 새

왕가위의 영화 아비정전에는 발 없는 새가 나온다
태어나면서부터 발이 없어 죽을 때까지 날아다니다가
죽는 순간에만 내려앉는다는 발 없는 새 이야기

영화가 끝나갈 무렵
발 없는 새 이야기는 여자를 꼬시기 위해 지어낸 이야기라고
이제는 죽은 배우 장국영은 말한다

지어낸 이야기임을 나도 알겠다
이 세상에는 날개 없는 새도 발 없는 새도 없다
다만 내려앉지 못하거나 날아오르지 못하는 새가 있을 뿐
이다

인생

쉽게 친구가 되리라
생각한 적 없습니다
쉽게 사랑할 수 있으리라
믿은 적도 없습니다
인생이 그렇게 쉽게 무언가를
줄 리가 없지요, 알아요
그래도 내 탓하지 말아요
언제나 남 탓하고 살아요
어느 날 문득
서러워지지 않도록

까마귀가 사라진 날

아직도 춥고 음울한 날씨 그대로다
겨울 외투를 입은 여자들이 종종 눈에 뜨인다
이상한 날이다, 이틀째 까마귀를 한 마리도 보지 못했다

그녀는 오늘 내내 전화를 받지도 하지도 않는다
멀리 존재하는 정인은 언제나 끝나기 직전일지 모른다

만일 소식이 끊긴다면 나는
그녀가 이제는 나를 싫어해서 소식이 끊어졌기를 바란다
그녀에게 어떤 사고가 일어나서라고는 생각하고 싶지
않다

만나고 싶은 사람들이 있다
그러나 아무도 만나지 않고 있다
관계가 생기면 풍요롭던 시절도 있었지만 이제는 아니다
사람에 집착하지 말아야지, 라고 생각한다

어느 곳에도 머물러 있어 보지 못했다
사람에도 시간에도, 어느 곳에도 나는 안착해보지 못했다
그저 까마귀가 보고 싶을 뿐

새벽 술

인생 참 안 풀리는
불쌍한 인간들로 가득한 새벽
바람 속에 앉아 술을 마신다
누구나 행복해 보이지만
누구도 행복하지 않은 술주정으로

난 내가 가여워

너의 넋두리 소리
술잔 부딪는 소리
어디선가 허공을 찢는 마찰음
귀를 울리는 소음 같은 음악

가여운 건 네가 아냐
세상이 가엾지
저 행복해 보이는 페르소나를 보렴
삶의 굴곡을 감춘 눈빛을 봐
너보다 세상이 더 가여워
그러니까 술을 마셔야지

별도 없는 깜깜한 하늘 아래
술병을 붙잡고 웃는 새벽

찢어진 깃발처럼

평생을 칼잡이로 사는 게 쉽지만은 않았지만
누군가가 알아주어서 칼잡이로 산 것은 아니다
글쟁이는 찢어진 깃발 같아야 하는 거라고
내가 든 이 너덜너덜한 깃발이
당신의 눈에는 넝마조각으로 보일 것이다
쓰러지는 날까지 부여잡고 버티는 이유를
알아달라고 하는 말이 아니다
무시해도 괜찮다고 하는 말이다
그냥 지나쳐도 상관없다고 하는 말이다
당신은 깃발의 의미를 알 수 없으니까

구경꾼

그해 겨울은 물이 차가웠다
자식을 잃고 곡기를 끊은 사람들과 함께 남자는
아스팔트에 주저앉아 초라한 밤을 지냈다
누군가는 남자의 노란 팔찌에 침을 뱉었다
해가 뜨면 남자가 사랑한 태극기가 행진을 시작했다
통닭과 피자의 만찬이 벌어지자
신을 믿는 자들은 그들에게 뜨거운 커피믹스와 초코파이
를 나눠주었다
죽은 자의 낯빛을 한 부모들은 퀭한 눈으로 커피믹스와 초
코파이를 먹고 서명하는 그들을 쳐다보았다
남자는 그들이 사랑하는 신을 구경했다
그들을 사랑하는 신을 구경했다
자식을 잃고 우는 사람은 짐승 울음소리를 낸다는 걸 남자
는 그때 처음 알았다
온전히 알 수 없는 눈으로 그들을 바라보며 한낮을 보내고
다시 밤이 오면 돗자리 위에 쪼그리고 앉아 아무도 돌아보
지 않는 초라하고 나약한 무리가 되고
전광판의 빛나는 뉴스 속보를 보다가
처음으로 자기가 블랙리스트라는 걸 알았던
그해 겨울은 물이 정말 차가웠다

순대 한 봉지

새벽길 차 바퀴 사이로 바쁘게
달려가는 얼룩 고양이 한 마리
창틀에서 창틀로 쏜살같이
달아나는 바퀴벌레 한 마리
술 취해서 걷다가
빵집 앞에 팔 베고 누운 당신

그래요 알고 있습니다
당신들도 살려고 그러죠
이 사람도 살려고 가끔 그래요

셔터 내려진 금은방 앞
펼쳐놓은 오뎅 좌판에서
오뎅 두 개 먹고 순대
한 봉지 흔들며 돌아서는데
여기저기 부스럭부스럭
쓰레기통에서 폐지를 골라내는
동네 노인네들

알아요 살려고 그러는 거잖아요
이 사람도 살려고 이래요
순대에 소주라도 한잔할까요
빗방울 거세지기 전에

지하, 옥탑, 고시원

평생 집이라는 곳에 살아보지 못했다는데
하루 마흔 명씩 세상 뜬다는데
예술이 밥 먹여주었으면 좋겠다는데
겨울 하늘은
찬 눈발만 씽씽 날리고 있다

얼어붙은 그늘의 하루
한 평짜리 방에 누워 가랑이에 이불 끼고
내가 더 외로운 독거獨居

재회

눈물이 핑 돌았다
지난겨울 나 먼저 살자고
담요 하나 던져주고 외면했던
곧 죽을 것만 같던 고양이가
내 눈앞에서 풀을 뜯어먹고 있다
고맙다 지난겨울 모진 날들을 너도
나처럼 살아남았구나

푸른 제주를 아십니까?

성산일출봉을 눈앞에 둔
방 여덟 개짜리 집에는
말없이 웃기만 하는 남자와
뭐든 말해야 하는 여자가 산다
여자의 오라버니는 손님들 고기를
구워주면서 그저 소주 두 잔 얻어먹으며
백돼지와 흑돼지는 구워지면
아무도 구분 못한다고 장담한다
앞집에 사는 해녀는 먼바다에
나가면 죽는다고 늙은 해녀들만 갈 수 있다고
엄살이 심하다
가끔 고기와 소주를 들고 오는 옆집 남자는
큰 배를 타고 바다를 누비던 무용담을 늘어놓고
서울에서 그냥 왔다는 조카의 어린 딸은
늘 손에 인형을 안고 다닌다

비가 내리거나 바람이 심하면 고기 굽는
자리가 이리저리 옮겨지곤 하지만
그래봐야 옆마당, 뒷마당이다
뒷마당 너머 밭 하나가 있어서
고양이 둘이 사이좋게 뛰어노는데
뒷집 백구가 아무리 짖어도 같이 놀아줄
마음이 없어 보인다
집 앞에서 해가 뜨고 집 뒤에서 해가 지도록, 밤이 오고
안개가 자욱하도록, 푸른 제주는
동네 사람과 동네 사람 아닌 사람들이
와자지껄하다

갯풀

하필 깃든 곳이 바닷가
절벽 비탈에 돌틈
파도와 해풍에 정신없는 잡초
견디는 중이다, 나아지는 날 있을까

굴삭기와 화물차의 굉음
팻말은 돌덩이 튀는 도로공사 중
한 켠에 피어난 잡초는
버티는 중이다, 살아보련다

왜 하필 여기일까
생각해본 적 없다
여기니까 살아갈 뿐, 악착같이

미안하다, 내가 너보다
잘난 줄 알고 살았다

3부 / 늪에서 빠져나오는 방법

늪에서 빠져나오는 방법

이 세상 모두가 나를 사랑해주기를 바라지 않는다 단 한 사람이 나를 끔찍히 사랑해주기를 바란다 그리하여 고양이는 스스로 사랑스러워졌다

사랑이 끝났을 때 지나간 사랑을 애처로운 눈빛으로 바라보지 않는다 조용히 그동안의 추억을 정리하고 홀로 살아가는 길을 준비한다 그리하여 고양이는 스스로 고고해졌다

떠나야 할 때가 오면 초라한 모습을 감추기 위해 소리 없이 떠난다 아무도 그의 뒷모습을 볼 수 없다 그가 남긴 건 사랑했던 기억들뿐이다 그리하여 고양이는 스스로 신비스러워졌다

돌아보라 스스로 초라해지지는 않았는지 끝난 걸 알면서
도 길을 나서지 못하고 슬프게 서성거리지는 않았는지 눈
물 가득한 눈동자로 창 너머 풍경 속 그를 바라보지는 않
았는지, 그리하여 너는 고양이가 아니다 그저 죽어가는 짐
승일 뿐

동전 한닢

오늘도 바람 부는 거리에서
지는 해를 바라보며 서 있어요
이제는 돌아가야 할 시간인데
텅 빈 상자를 바라보며
걷어치우지 못하고 있어요
당신의 눈길을 기다리지만
당신은 귀 기울이지 않는군요
차가운 눈길로 바라보다가
고개를 흔들고 가버리시는군요
그러지 말아요
많이 바란 것도 아닌데
그저 동전 몇닢이면
나는 계속 노래할 수 있어요
당신이 던지는 동전 한닢은
당신이 내게 주는 마음
문설주에 기대 선 아가씨처럼
당신의 마음을 기다려요
거리에 서보지 않으면 몰라요
얼마나 간절한지를

적당한 하루

곰팡이들 사이에 곰팡이가 되어
초라한 알몸으로 바닥에 들러붙어
담배 몇 보루 값도 받기 힘든 졸작을
탈고한다 아무도 바라지 않는다
문을 여니 날이 차다 어느새
겨울바람이 가슴에 스민다
춥구나 앙상해진 내 가슴팍이 시려
인생길 선택이라는데
선택도 별로인 길에 고장난 내비게이션
적당했어야지 사랑도
인생도 적당했어야 하는데
내 빌어먹을 원고만 적당하다
신경질 나게 적당하다

강물처럼

해가 지고 나면 누군가 울었다
서럽지도 억울하지도 않은 흐느낌
그런 밤에는 초라한 불빛들 사이로
내다 걸은 빨래들이 펄럭였다
어둠이 더 짙어가면
가끔씩 커피분쇄기가 돌아가고
백 명의 아버지들이 백 켤레의 구두를 신고
골목으로 몰려들었다
누구는 쓰러지고 누구는 여전히 살아남아서
날마다 미안해야만 하는 시간
지난밤의 이야기를 함부로 말해서는 안 되겠지만
장담컨대 사랑은 어디에나 있었다
바람에 떠도는 비닐봉지 같은 사랑
자물쇠 속에서 부러져버린 열쇠 같은 사랑
그 밤을 나는 강물처럼 흘러갔다

가끔씩 골목 깊은 곳에서
고양이의 짝짓는 소리가 들렸다
창틀에 얹어진 구문초 화분에서 나는 향기
사랑이야기가 유행가처럼 흘러나오는 라디오
꿈을 꾸고 싶어서 꾸는 사람은 없다
어느 날 하릴없이 찾아들어서
팬티에 얼룩을 만들고 사라져가는 법이다
보석처럼 빛나는, 빛나는 편의점 앞에
소주잔과 빈 병을 남겨놓고 떠난
그 남자를 찾아나선 늙은 어머니는
24시간 햄버거집 앞을 서성거린다
진저리나게 오래된 너저분한 사랑
땅에 묻어도 썩지 않을 사랑
아스팔트 위로 끝없이 부어지는
곰팡내 나는 우리들의 마지막 사랑
그 거리를 나는 강물처럼 흘러갔다

가을이 오면

가을이 오면
당신이 보내준
작은 메모를 책갈피에서 꺼내
지갑으로 옮겨 놓으려 합니다

내가 어디든 가서
길을 걷거나 길섶에 앉았을 때
주머니 속 지갑을 만지며
혼자 바보처럼 웃거나 혹은
그리워하거나

지난여름
당신과 걸었던 이국의 거리는
얼마나 마르고 뜨거웠는지
당신과 걷던 대나무 숲과
해변의 햇살은 어찌 그리 눈부셨는지

이제 나 사는 동네에
가을이 오기를 기다리는데
아침부터 비가 내리고 있습니다

당신도 가을을 기다리는지 궁금합니다
나에게 보낸 메모의 뒷이야기를 기다리듯
어느 아침에 비안개가 차갑게 내리기를
내가 걷는 길에 내리는 비의 내음을
당신도 기다리는지

아, 무엇보다
그곳에도 비가 내리고 있습니까

11월

문을 열고 나서니
온통 낙엽이었습니다

당신은 그곳에서
다가오는 겨울을 준비하세요
나는 이제부터 은행잎 가득한 길을 걸어
낯선 곳을 향해 가렵니다

악의로 가득찬 도시
지켜보기도 정말 지쳤어요
갈라진 입술과 들뜬 이빨
얼굴 가득히 서러움의 흔적
유리창에 비친 내 초라함을 보며

당신에게 안녕이라고 말합니다
혹시 내가 그곳에서
머물 곳을 찾아 주저앉더라도
소식이 끊어지더라도

알아주세요 당신을 내가
참 많이 좋아했다는 것
이 도시에서 오직 당신 하나만은
나에게 이유가 되었다는 것을

구첩반상

어깨를 빌려주고 싶은 날
어깨 대신 막걸리를 한 병 샀다
오늘 또 몇 줄이라도 써야지 싶어서
구첩반상 도시락 하나와
싸구려 커피 한 통을 샀다
무릎을 빌려주고 싶은 날
무릎에 누운 너에게 노래를
들려주고 싶은 날
담배 두 갑을 샀다
슬리퍼 끈이 끊어져서
질질 끌고 걷다가 울컥
바보처럼 울컥
억울해하지 마라
칠첩반상보다 오백 원 더 주었을 뿐인데

꼴불견

줄을 타고 절벽을 오르는 건
용기가 아니다
줄을 놓고 떨어지는 게
진정한 용기다

웃기는 건
내가 어느 쪽도 아니라는 거지

위도 까마득하고
아래도 까마득한
절벽 중간에서
딱
중간에서
줄에 매달려 안간힘을 쓰고 있어

기어오르기는 힘이 없고
떨어지기는 무섭고
그저 매달려 있을 뿐

대롱대롱

나도 좀 살자

누이 친구네 집에는 근사한 진돗개가 있다
품위도 있고 멋지게 생긴 녀석이 우아하게 친해지는 방법
도 안다
나는 그녀석을 만나러 그 집에 놀러가곤 한다
그런데 그 집에는 사람만 보면 꼬리를 정신없이 흔들며 달
려드는 또 한 녀석이 산다
그래봐야 다리 하나를 절어서 제대로 뛰지도 못한다
너무 못생겨서 버려진 걸 데려왔다는데 엉덩이가 보이지
않도록 흔들어대도 안아주는 사람 하나 없다
그래, 인심 써준다

조금 친한 척해주자 내 팔에 침을 잔뜩 묻히며 좋아하는
녀석을 바라보다 문득 내가 가엾다
잔재주 조금 있는 걸로 슬금슬금 잘도 살아왔다
온통 잘나신 분들로 꽉 찬 이 세상을 모자란 놈이 눈치껏
여기까지 왔다
앞으로도 저 녀석 못지않게 열심히 살아가려 한다
녀석은 다리를 절고 나는 꼬리를 전다
보기 싫겠지만 인심 좀 써다오
같이 좀 살자

계산2동 에덴동산

그가 사는 동네는
인구밀도가 엄청나게 높아
왜 태어났는지 모를
애들도 많고
왜 안 죽는지 모를
노인네도 많지
낡은 전자레인지를 내놓으면
삼 분 내에 사라진다
고장난 모니터를 내놓으면
오 분 내에 사라져
어중이떠중이 모여 살다 보니
나같은 빨갱이까지 섞여 살아
길냥이들한테 야식 먹이려는 나랑
그거 치워버리려는 할망구랑
잔머리 싸움도 치열해
그래도 좋은 건
강남에서 한 접시에 사만 원 하는
이태리식 국수가
여기서는 오천 원 한다는 거야

강남에서 일만이천 원 받는
일본식 덮밥이
여기서는 삼천 원이야
좋잖아
같은 돈으로 네 번이나 먹는데
위장에 바코드 찍히겠냐
근데 뭐니뭐니 해도
확실하게 좋은 건
에덴동산도 바로 여기
우리 동네에 있다는 거야
계산2동 에덴동산
네 개나 있어
가나다라

술을 드세요

술을 드세요
울지 말고 소주
한 병이면 됩니다
아스피린도 사리돈도
듣지 않는 사연에는
소주 한 병에 소금
딱 한 스푼
누군가 당신 이야기를
들어줄 것도 같지만
천만의 말씀
당신 이야기에 귀
기울여줄 당신에게
술 한잔 건네세요
소주 한 병에 소금
딱 한 스푼

바다를 비추는 달처럼

바다를 비추는 달처럼
수평선 너머 파도 위를 달려가는
고래들의 항해를 비추는 별처럼

흙바람 속 끝없는 사막을 가는
낙타들의 고단한 발길에 머무는 해처럼

둥지를 떠나는 모든 새들의 아름다움
아름다운 아픔들에 새겨진 시간처럼

노을이 물드는 새들의 날개
날개를 스치는 바람의 노래

세상의 모든 노래들 가운데
꼭 그대와 나만 아는 노래를 끝내 간직하듯
그대를 바라보면서 살아가려네

내가 사는 작은 골목 안 가로등처럼
밤하늘에 울려퍼지는 휘파람 소리처럼

헌시 獻詩

어느 날 먼 설산에서
천사가 내려와
치맛자락으로 커다란 바위를
일억 년 동안 쉬지 않고 쓰다듬었을 때
비로소 나는 섬진강의 짙은 안개가
그대의 숨결인 걸 알았다

계단마다 심어진 햇살의 지문
먼 밤하늘의 별빛이
긴 우주를 걸어와
내 고단한 발길에 쏟아져 내릴 때
비로소 나는 흐르는 강물 위로
활공하는 작은 새의 이름이
그대의 이름인 걸 알았다

돌아서면 아스라한 땅끝에서
불어오는 바람과 바람
한 줄기 한 줄기마다
그대 이야기, 그대의 눈물
내가 찾아 헤매던 수많은 시간들

내가 이렇게 매일
어둠 속을 걸으며 찾는 그대, 그대여

시를 쓴다

이쯤에서 고백하자면 나는
싸락눈 날리는 거리에서
허리띠를 파는
아저씨네 작은딸의 들리지 않는
귀에 대해서 알지 못한다
한여름 거리에서 뜨거운 기름에
도너츠를 튀기는 할머니의 아들 소식을
알지 못한다
마주치면 바보처럼 헤벌쭉 웃어 보이는
아래층 사는 월남에서 온 젊은 새댁의
앞니가 새까만 이유를 나는
알지 못한다 나는
온 세상의 진실에 대해
전혀 알지 못한다
이 세상의 모든 존재하는 것들의 꿈에 대해서도
나는 알지 못한다

사람과 사람 사이,
보이지 않는 소중한 통로에 대해서도
알지 못한다
나는 결국 아는 게 없다
그런데 나는 쓴다
알지도 못하는
온 세상에 대해서 쓴다
쥐뿔도 모르면서 계속 쓴다
내 모국어를 사용해서
개운하게 쓴다

골목을 위로하는 바람이 되어

이슬 맺힐
풀잎 하나 없는
골목에서 골목으로 이어진
골목을 바라보며 내가 가진
담배 한 개비를 물고
골목에서 골목으로 서성인다

우리 인생이 이렇다면
너와 나의 사랑이 이렇다면
그저 담배 한 개비를 피울 동안만큼이라도
세상이 잠시 내게서 멀어져 가
잠깐이겠지만 행복할 때가 있었다면

나는 이제 바람이 되어
너의 손을 스치는 바람이 되어
너의 고운 이마를 스치는 바람이 되어
골목을 위로하리

풀잎 하나 스쳐갈 곳 없는
골목에서 골목으로 불어가는
서글픈 바람이 되어

화요일 새벽 3시

투병을 하면
화요일 새벽 3시가 제일 아프다던데
나는 병석에 누워보지 않고
잘도 버티고 있다

잘 사는 게 중요하냐
산다는 게 중요하지
뒷마당에 가득한 너는
달빛도 없는 밤을 버티고
내일 하루를 더 살겠다

끈질겨봐야 올겨울은
이기지 못할 질긴 너는
사는 날까지 아름답다가
때가 되면 흔적 없이 사라져라

너를 잊겠다
내가 떠나면 너도
내가 살았다는 걸 잊어라
잘 살았다는 게 중요하냐
살았다는 게 중요하지

겨울나기

가끔 무엇으로 세상을 살까 싶을 때가 있다. 무엇으로 버
틸까 조바심이 날 때가 있다. 그럴 때면 골목에 나가 담배
를 피워 물고 어슬렁거린다. 가끔 나처럼 어슬렁대며 지
나가는 길냥이들을 구경한다. 한밤의 사냥을 나선 길냥이
들. 사냥터가 없는 사냥. 비루먹은 눈빛으로 쓰레기 몇 개
때문에 영역싸움을 벌인다. 겨울이 다가오면 언제나 눈
에 뜨이는 것은 대부분이 새끼를 가진 모습이다. 어쩌려
고 그러는 거냐. 나도 나기 힘든 혹독한 겨울을 무슨 수로
새끼 낳고 기르려고 드는 거냐. 자신은 있는 거냐. 겨울 혹
한에 대해서는 내가 훨씬 더 많이 아는데, 나보다 더 좋은
계획이 세워져 있는 것이냐. 난 계획이 없다. 있어도 세우
나마나 한 멍청한 계획이지. 올봄에 새끼들에게 사냥터
를 물려주고 떠난 삼색얼룩이처럼 너희들도 그렇게 성공
하리라는 막연한 기대를 가지고 있는 거냐. 집에서 사는
네 친구들은 십 년도 더 사는데, 사냥터의 너희들은 잘 버

텨야 삼 년인 것은 바로 너희들에게 좋은 사냥감을 잡을 기회가 없어서야. 아, 물론 나도 그다지 좋은 걸 얻어먹고 살지는 못하지만 그래도 가성비는 제법 따질 줄 알지. 언제인가는 이런 고민을 그만해도 좋을 때가 올 것이다. 누구에게나 마지막은 있는 거니까. 가끔 그만하고 싶어진다. 너도 그럴 테지. 길냥이의 눈을 바라보며 혼자 중얼거린다. 익숙해져서 달아나지도 않고 언제나 인사를 나누고 유유히 다시 사냥을 하러 가는 길냥이. 우리는 같은 사냥터에서 사이좋게 살고 있다. 사냥기술은 길냥이가 조금 더 뛰어나고, 대신 나는 눈치가 조금 더 빨라서 하이에나에 가깝다. 알아두어야 할 사항이다. 고양잇과보다는 갯과의 동물들이 더 높은 먹이사슬에 존재한다는 것. 그리고 나는 갯과라는 것. 그걸 믿고 올겨울을 지내야겠다.

첫눈이 왔으면 좋겠어

춥기도 추워서 옆집 2층에 사는 할머니가 고양이밥도 치
워버리러 나서지 못하는 한겨울인데 첫눈이 내리지를 않
는 거야

장갑 대신 손싸개를 두른 할아버지의 폐지 챙기는 손가락
이 두 배로 커 보이는 겨울 복판인데 첫눈은 내리지를 않
는 거야

이제 너무 오래된 이야기라서 기억도 가물가물한 내 사랑
이 찬바람에 얼어서 펄펄 내리는데 온 사방에 내리는데 첫
눈은 내리지를 않는 거야

가슴을 치며 울어본 적도 없는 앙상한 가슴에 한번쯤 내
려줄 만도 한데 겨울이 다 가도록 첫눈은 내리지를 않는
거야

속 아플 일도 없고 눈물로 밤을 새울 일도 없는 이즈음에
첫눈이 왔으면 좋겠어

봄날의 하늘

냉장고를 뒤져서
마른 멸치와 새우젓을 찾았다
찬물에 밥 말아먹기 딱 좋은
비리고 짭짤한 맛
가끔 흘리는 내 눈물도
이 맛이다 돌아보면
봄날의 하늘은 눈부시게
화창하다 저렇게 천연덕스러운 게
하늘이다 언제나 나보다 더
치사하고 뻔뻔스러운 하늘

욕망이라는 이름의 텃밭

냉장고에서 막대 치즈를 세 개 꺼낸다
얼어붙은 커다란 자두 한 개, 식빵 두 개를 꺼낸다
발라 먹는 마가린과 떠먹는 치즈를 꺼낸다
콩기름에 재었다는 녹차김 두 개를 꺼낸다
내가 가진 전부다

식빵을 구우면서 커피믹스를 탄다
자두와 막대치즈를 번갈아 먹는다
식빵에 버무린 마가린과 치즈에 커피믹스를 더한 조화
마지막으로 김을 먹는다
내가 먹은 전부다

컴퓨터 앞에 앉아
배를 두드리면서 꿈을 꾼다
언젠가는

텃밭을 가지겠다
한 열 평이면 되겠다
한 평에는 고추를 심겠다
한 평에는 상추를 심겠다
한 평에는 부추를 심겠다
한 평에는 깻잎을 심겠다
한 평에는 옥수수를 심겠다

아내가 '여보' 하고 큰소리로 외치면
텃밭에 나가 상추와 고추를 따서 돌아서겠다
늠름하게 아내를 향해 걸어가고
거들먹대며 밥상머리에 앉겠다
내가 딴 고추와 상추를 먹으면서
옥수수 속을 궁금해하겠다
언젠가는 꼭

남국南國

사막의 모래 밑을 천년에 걸쳐 흐르던 유사하流沙河가
샘으로 솟아오르던 날
나는 물가에서 맨발로 태어나, 한 마리 짐승으로 태어나
바람과 비와 서리를 몽땅 다 거느리고 남쪽으로 향했더니
거기 네가 있어, 손톱이 부러져 나간 노인과
굳은살 박인 발꿈치를 가진 아낙네와
볼이 얼어터진 소녀를 안고 네가 거기 있어, 나는
사랑을 알고, 인생을 배우고, 아픈 가슴을 치며 운다

내 뼈를 부러뜨려 주랴

송곳니를 벼려서 네 정수리에 돋아난 뿔을 갈아주랴

하수구에 처박힌 용龍이여

차바퀴 사이를 달리는 푸른 늑대여

너로 인해 너무 슬픈 오늘이여!

냉동실의 까마귀

영등포 뒷골목의 얼룩진 유리창에 기대앉아 소주병을
딸 때
네가 내 가슴을 치며 울 때
나는 창밖의 어둠 속에서 어린 뱀장어의 꼬리 치는 소리를
듣고 있을 때
큼지막한 냉동실은 문을 닫았다

빗물이 여인숙 간판을 타고 흘러내리던 밤
황색증으로 창 너머 네온사인들이 온통 노란 알전구로만
보이던
네가 내 어깨에 기대어 술주정으로 불쌍해지기 시작한
나는 이제 막 어미 젖을 빠는 늑대의 킁킁대는 콧소리를
들었던
그때에도 냉동실은 문을 닫았다

어느 때는 말발굽 소리가 들려오기도 했다
불어오는 바람이 환각에 불과한 것을 눈치챘던
다시 봄이 오고 여름이 지나가고 철새들이 하늘을 날아올
랐을 것만 같은

그 시간에도 너는 울고 있었고
나는 맨발로 수많은 벼 이삭을 밟으며 걷는 꿈속에 머물렀
지만
냉동실은 견고한 작동을 멈춘 적이 없다

여기서 너와 함께 살기로 한다
냉동실의 문은 결국 열리지 않을 테지만
성에로 버석댄다고 해서 나의 검은 깃털이 낙엽이 된 것은
아니다
그러므로 칠 벗겨진 너의 손톱 끝에 나의 남은 호흡으로
따스한 입김을 불어넣는다
서러움도 슬픔도 얼어붙어 버린 거대한 밤의 도시
나는 이제 날개를 펼치고 너를 받아들인다

인생은 원래 너저분한 거야, 깔끔하기에는 너무 길거든

- 사랑도 그렇다

당신이 가진 건 결국 기억뿐이지

일상으로 이루어진 사유의 확장

박홍찬 / 시 해설가

1

　사랑은 그 대상을 향해 끝없이 흐르는 열정을 바탕으로 하지만, 그 안에는 고통이 가득 차 있다. 열정의 독일어 라이덴샤프트(Leidenshaft)의 어간 라이덴(Leiden)은 고통스럽다는 뜻이다. 또 샤프트(shaft)는 직업을 의미한다. 우리는 사랑을 소유할 수 있고, 그래서 낭만적 성취로 여기는 경향이 있다. 그러나 실은 사랑의 주체는 고통을 직업으로 선택하는 사람이다. 사랑을 시작한 사람이 가장 크게 직면하게 되는 것은 자신이 사랑하는 만큼 사랑받지 못한다는 운명이다. 그래도 그는 끊임없이 스스로를 사랑하는 사람을 위해 쏟아붓는다. 왜냐하면 사랑이란 '완전한 타자(他者)'와의 이상적인 조우를 꿈꾸는 일이기 때문이다. 그러나 타자를 완전히 이해하

는 것은 불가능하다. 사랑은 결코 도달할 수 없는 지점
에 있지만, 사랑의 주체는 고통을 안고 그곳을 향해 끝
없이 전진한다. 아도르노는 사랑의 주체란 그 대상에
끝없이 맞춰나가는 '미메시스적 존재'라고 했다.

손승휘 시인의 신작 시집의 표제시 「그러므로 사랑은
시가 아니다」는 사랑이 달콤하다는 낭만적 사랑에 대
한 통념을 뒤엎은 것이다.

화면 속의 꽃을 따려는
고양이는 끝내 이해하지 못했다
절망이란 그런 것이다

고양이는 결코 소유할 수 없는 화면 속의 꽃을 가지
려고 하고 있다. 이 고양이는 사랑이 달콤하다고 믿는
사람이다. 그러나 사랑은 고통이고, 환상에 빠진 사람
은 이 사실을 이해할 수 없다.

날마다 초라해지는
얼마든지 초라해지는
나는 이제야 사랑을 알았겠다

한때는 매일 울었다
　혹은 너에게 혹은 나에게
　세상은 이제 중요하지 않다는 착각

　시인은 초라해지고 울 때야 비로소 사랑의 본질이 고통인 것을 알았다. "나는 이제야 사랑을 알았겠다"는 진술은 그래서 울림이 있다.

　사람에게는 중독이라는 말을 쓸 수 없으니
　사랑이라는 말로 대신하는 건 아닐까
　가진 것도 버린 것도 없는 시절
　인생에서 건진 한 움큼의 모래

　프랑스 철학자인 롤랑 바르트는 사랑하는 사람은 싸이코(psycho)와 노이로제(neurose) 중간에 있다고 했다. 우리는 보통 그 지점을 광기(狂氣)라고 부른다. 사랑을 정신병의 일종이라고 말하는 사람들도 많다. 시인은 광기를 중독으로 표현하고 있지만 같은 말이다. 사랑하는 사람을 향해 흐르는 열정은 그 대상을 완전히 소유하거나 이해하는 것이 불가능하기 때문에 도달할 지점이 없다. 그래서 사랑의 감정은 멈추지도 못하고 끝없이 흐르고 끝내 넘치는 것이다. 이것을 중독이라고 부르는 것은 탁월한 어휘 선택이다.

　　사랑은 시가 아니다
　　그러므로 사랑은 시가 아니다

　사랑의 감정이 흘러넘치면 광기로 나타나지만, 때로는 미학적 성채를 구축하면 시와 음악 등 예술이 된다. 그러나 시인은 "사랑은 시가 아니다 / 그러므로 사랑은 시가 아니다"라고 반복해서 강조한다. 사랑을 미학적 오브제로 만들 수는 있지만, 그것이 본질은 아니라는 뜻이다.

　　만지면 눈이 먼다는 거짓말에
　　나는 속아 넘어가서 눈이 멀고
　　너는 나에게 전설이 되었을 뿐

　시인은 나는 눈이 멀고 만 고통 속에 있지만, 여전히 너는 '완전한 타자' 그러면서도 전설로 내 주변에 여전히 있다는 서술로 끝을 맺었다.

　시인의 신작 시집 「그러므로 사랑은 시가 아니다」는 사랑에 관한 세속적 통념을 일거에 무너뜨리고 있다.

이 시집에 수록된 시편들은 심리학이나 정신분석학 등에 말을 걸면서도 낯선 초현실적 풍경이 아니라 사랑의 경험에서 얻어진 사유를 바탕으로 하고 있다.

2

3부로 구성된 이번 시집의 특징은 각 부별로 독특한 제목을 붙여서 수록된 시편들의 내용을 상징하고 있는 것이다. 1부의 제목은 '제대로 꽂힌 칼은, 뽑으면 과다 출혈로 죽어, 그래서 별수 없이 꽂은 채 사는 거지'로 되어 있다.

우리는 일단 사랑을 하게 되면 그 안에 단단히 붙잡힌 채 슬픔과 고통, 불안이 남기는 흔적을 어찌하지 못하고 겪을 수밖에 없다. 사랑의 속성이 이것들을 결코 헐렁하게 빠져나가게 내버려두지 않기 때문이다. 시인은 사랑의 이런 본질을 "그래서 별수 없이 꽂은 채 사는 거지"라는 독특하고 탁월한 문장으로 표현하고 있다.

인간은 '자의식'을 가졌다는 점에서 다른 생명체와 구분된다. 남들과 다르다는 '자의식'으로 인해 외로움이 생기게 되고, 이 숙명적 고독이 타자로부터 사랑받으려는 욕구를 갖게 한다. 프로이트는 "사랑은 타자와 하나가 되고 싶은 욕망"이라고 했다. 그러나 타자와 일체가 된다는 것은 불가능하다. 자의식을 가진 두 사람이 일체가 되는 길은 한 사람이 파괴되는 방법밖에 없다. 사랑을 하면서도 외로움을 느끼는 것은 인간의 숙명이다.

이와 관련해서 시인은 「외로워지는 방법」이란 시편에서 "외로워지는 방법이 사랑뿐이라면 / 시시때때로 눈물 맺히는 / 사랑을 하자 / … 우리 같은 것들 언제, 외로워지기나 해보겠느냐 / 외로워지기 위해서 너와 나는 / 사랑을 하자"고 진술하고 있다.

"외로워지기 위해 사랑을 하자"는 이 진술은 마치 역설 같지만, 실은 사랑의 본질을 꿰뚫는 말이다. 이번 시집에 수록된 그의 시편들이 귀중한 것은 사랑시란 게 대부분 경험적 사유에 따른 개인적 서사지만, 그가 여기에 머물지 않고 과학적 성찰을 담아내어 공감을 자아내는 데 있다.

해무海霧 속을 헤매는
거북이 한 마리처럼
방향을 잃어버린 그 남자는

이제 그만

이라는 말을 수도 없이
중얼거린다
중얼거리다가 문득
아직 끝나지 않았음을 깨닫고
절망한다

그 남자는 아직 그녀를 사랑한다

- 「절망」

　인간은 타자를 통해 자신의 욕망을 해결하려 한다.
사랑이 대표적이다. 그러나 라캉은 극단적으로 "내가
너를 보는 곳을 너는 결코 바라보지 않는다"고 해서 사
랑의 주체와 대상의 시선이 엇갈린다는 것을 지적했다.
이때가 되면 주체는 대상을 통해 욕망을 채우기 어렵기
에 떠나려 하지만, 처음 사랑했을 때의 쾌감을 잊을 수
없고, 결국 대상을 벗어날 수 없다.

이런 상태를 보통 집착이라고 부른다. 시인은 이때의 심리를 「절망」이라는 시편을 통해 표현하고 있다. 집착이 곧 절망이라는 그의 진술을 따라가다 보면 우리들의 사랑 아래 깊숙이 뿌리내린 사랑의 속성이 보인다.

3

2부의 제목은 '사랑이 끝나면 인생은 공회전을 시작한다'고 되어 있다. 프로이트는 사랑하는 대상의 상실을 우울증의 주요한 요인으로 꼽았다. 특히 대상과 맺은 강력한 유대의 단절은 혼란과 좌절, 허무, 무기력한 심적 고통을 낳는다. 그러나 시인은 "인생은 공회전을 시작한다"는 말로 이별 후에 따르는 고통을 자신을 해체하는 예술적 방식으로 승화시키고 있다.

이별과 관련 발화자인 시인도 "남자는 눈물을 찔끔거리며 비에 잠겨들었다"(비에 잠겨) "네 아픔을 몰랐다 / 왜냐하면 내가 더 아프기 때문이다 / 누구나 내가 더 아프니까"(옹이) "겨우 돌부리에 차여 자빠지고도 / 그는 아파 죽네"(춘광사설春光乍洩) "누구나 울더라 / 그사람도 울고 / 그녀도 울고 / 살다보니 울고"(전염) 등 시편 곳곳에서 고통을 서술하고 있다.

  사랑의 좌절로 인한 고통의 경험은 일반적 경험칙에 속한다. 때문에 문학은 이를 미학적 관점에서 어떤 역정으로 보여줄 것인지가 중요하게 다가선다. 많은 시인들이 사랑의 좌절을 죽음과 연결해왔다. 라캉에 따르면, 욕망이 좌절된 사람은 '죽음충동'을 통해 상징계 너머로 도약하고자 하는 환상을 갖는다고 했다. '죽음충동'은 고통을 향유하는 하나의 방식이다.

  그러나 시인은 이런 쉬운 길을 택하지 않았다. 시편 「들꽃을 사랑하는 방법」에서 그는 "신이 되기 전에는 / 들꽃에 손대지 마라… 차라리 네가 들로 나가 / 매일매일 들판에 앉아 / 그들에 섞여 들꽃이 되어라"고 했다. 에리히 프롬의 '소유냐 존재냐'가 생각나는 진술이다. 욕망의 대상이 사라진 뒤 어떻게 살 것인가, 이별은 했지만, 가슴에 남아 있는 사랑을 어떻게 처리할 것인가는 큰 문제다. 그는 프롬의 '존재적 실존 양식', 스스로 온전히 존재하기를 역설하고 있다.

또 시편 「인생」에서는 "그래도 내 탓하지 말아요 / 언제나 남 탓하고 살아요"라며 헤어진 상대방에 대한 위로도 한다. 과거의 사랑이 시간이 흐른 뒤에도 비속해지지 않으려면 숭고한 미학이 필요하다. 사랑은 실패했지만, 이별 후의 자세에 따라 실패한 사랑이 더욱 빛날 수도 있는 것이다. 시인의 시편을 따라가면, 일상의 언어를 통해 난해한 현대 인문학과 철학에 이르는 것을 느끼게 된다.

4

3부의 제목은 '늪에서 빠져나오는 방법'이다. 우리는 일생 동안 적어도 한 번은 "나는 너를 사랑해"라는 위대한 사건의 당사자가 된다. 이와 관련해 롤랑 바르트는 "나는 그 사람이 아프다."고 말했다. 사랑을 하게 되면 그 본질이 고통에 있다는 것을 알게 된다는 뜻이다. 특히 앞서 말한 것처럼 사랑의 상실은 엄청난 통증을 수반한다. 시인은 3부에서 사랑의 고통에서 벗어나는 방법을 제시하고 있다. 사랑의 늪에서 허우적대다 보면 어느 순간 피로와 상처로 뒤범벅된 자신을 발견하게 된다. '늪에서 빠져나오는 방법'이 있다면 우리들에게 엄청난 효용성을 가질 수밖에 없다.

  사실 사랑의 고통에서 벗어나는 유일한 방법은 시간밖에는 없다. 시인이 말하는 방법은 '지금 고통받는 나'를 형성한 근원적인 조건에 대한 성찰을 통해 사랑과 그에 수반된 고통을 해체하고 재구성하는 것이다. 이로써 고통을 온몸으로 받고 견디게도 될 수 있다. 지극히 원시적으로 보이는 이러한 방식이 가능한 이유는 그의 독특한 사색과 문법에 있다.

  그가 쓴 첫 번째 방식은 사랑을 하찮고 의미 없게 만드는 것이다. "소주잔과 빈병을 남겨놓고 떠난 / 그 남자를 찾아나선 늙은 어머니는 / 24시간 햄버거집 앞을 서성거린다 / 진저리나게 오래된 너저분한 사랑 / 땅에 묻어도 썩지 않을 사랑 / 아스팔트 위로 끝없이 부어지는 / 곰팡내 나는 우리들의 마지막 사랑" (강물처럼) 사랑을 이렇게 재구성함으로써 시인은 "그 거리를 나는 강물처럼 흘러갔다"고 말할 수 있게 되었다.

  두 번째 방식은 고통을 받아들이는 것이다. "누군가

당신 이야기를 / 들어줄 것도 같지만 / 천만의 말씀 / 당신 이야기에 귀 / 기울여줄 당신에게 / 술 한잔 건네세요"(술을 드세요) 사랑의 고통으로 술을 마신다는 것은 매우 진부해 보이지만, 사랑의 고통을 심리학적, 정신분석학적 치유 대상으로 보는 현대 과학에 대한 반발이다. 사랑이 치료받아야 한다는 사실은 사랑의 퇴화다. 특히 시인은 "(정신과 의사 같은) 누군가 당신 이야기를 들어줄 것 같지만 천만의 말씀"이라고 강조해서 이 같은 문법을 분명히 하고 있다. 에바 일루즈는 "고통은 아프기는 하지만, 고통으로 죽지 않는다"고 했다. 시인의 의도는 술 한잔 마시며 고통을 견디라는 것이다.

  3부에서는 이 밖에도 "알지도 못하는 / 온세상에 대해서 쓴다 / 쥐뿔도 모르면서 계속 쓴다 / 내 모국어를 사용해서/ 개운하게 쓴다"(시를 쓰다) "담배 한 개비를 물고 / 골목에서 골목으로 서성인다" (골목을 위로하는 바람이 되어) 같은 하찮거나 무의미하게 보이는 방식이 나열되어 있다. 그러나 무의미한 것들이 촘촘하게 엮여 있는 게 인생과 사랑이고, 이러한 구성을 통해 의미는 새로워진다.

시인의 방식이 우리를 사랑의 고통으로부터 구원하지 못할 수도 있지만, 칠레의 시인인 파블로 네루다의 시편이 그랬던 것처럼 시인의 서정성은 고통에 직면하는 데 도움은 될 것이다.

시인의 이번 시집에 수록된 시편들은 대부분 사랑하는 자의 고통에 관한 것이다. 그는 독백적 발화방식을 통해 시편들이 자신의 경험적 토대 위에 세워진 것을 알리면서도, 고통의 원인과 해결방식을 자기 안의 사색만이 아닌 인문학과 철학에서도 구하면서 사유를 확장하고 있다. 이를 통해서 각 시편들에는 시를 통해 인간과 사랑이 회복되기를 바라는 궁극적 마음이 깃들어 있다.